立木勲

ウムル アネ ケグリの十二月

書肆 子午線

造本・装幀＝稲川方人
装画＝池英姫（チ ヨンヒ）

目次

ウムル アネ ケグリの十二月

君は僕の手を握り、僕は黙って強く息を吐く

妻よ　兄と弟の小さな話がここにある
（今、世界では熱く命が壊され、この国では毎年二万人余りが死を選ぶ）
兄というのは君に出会う前の僕なのだ

＊

俺、
横浜の会社で
毎日
プログラムを書いています
弟は田舎にいます

仲がよかったわけでもありません
夜、電話かかってきたのです
本当に初めてのことだったのです

兄ちゃん
村上が死んじまったんだよ
冬の晴れた日
ユンボを操って
けれどユンボは倒れてしまい
倒れたユンボに挟まれて

俺、受話器手にして聞いていました

兄ちゃん
あのな
横に倒れたユンボの下で
腹から足まで挟まれて

それでも　村上、
三時間は生きていたんだそうだ

俺、黙ってました
あいつ泣いていたのです　受話器の向こうで

兄ちゃん　村上はなあ　その日
たったひとりで行ったんだ
もう誰もいない冬の田んぼの中の
現場に　たったひとりだったんだ
ユンボが倒れたとき　たったひとりだったんだ
死ぬまでも　たったひとりだったんだ

俺、
コンピューターに向かって
毎日
プログラムを書いています

プロジェクトが辛い時
誰か死んでくれないものかと
つぶやく人もいるのです

十二月も末です
月は煌々です
俺、さっきから、ひとりで月を見ています

*

妻よ「俺」というのは君に出会う前の僕なのだ

けれども　今
ふたりで夜の川の土手を歩き　君は言う
「わたしにはホンモノが　ないのです」
「ウソを　話しているのです」
「微笑んで　いるのです」

暗い空には十二月の月がある
君は僕の手を握り
僕は黙って強く息を吐く

註：ユンボは、一般的にパワーショベルと呼ばれる建設機械の呼称のひとつ。ここでは小型のユンボ。

かんだ

妻よ　今の君に出会う前
時に僕はキツネであって
夜の神田に迷うては
星座の巡りを聞いていた

＊＊

「駅から五分の当店では
丁寧な癒しの時をご用意しています
お仕事の帰りにでもお寄りください
黒い樫の扉の先で、お待ちしています。」

＊
お昼から出ています
……
私のプロフィール
ネットで見ました？
あれ
お店の人が書くのです
……
二十二時までいます
＊
巡る星座には天女が住まう
＊
指名があるまで
皆でおしゃべりしたり
お菓子を食べたりしています
……
やさしいから

お客さんのこと好きです
……
もう　今日は終わりにしたいわ
……
下手な人には上手ねって　言わないのよ
*
けれども衣を脱げば　姿は人と変わらない
*
このお店
もう長いのよね
私は二年だけどね
……
若いときからおじいさんになるまで
ずっと来ている人もいるんだって
お姉さんたちも
もうお婆さんなのにね
*

私　男顔だし
胸も小さいし
……
お休みの日？
犬と一緒よ
メアド
交換しようか？
……
しないよね

＊

噛めば痛いと言い　手を添えれば気持ちいいと言い

＊

昼間？
ふつうのOLよ
受付にいるわ
見ても
きっとわからないわ

……
ふつうのOLだから
＊
私の胸
もう
しぼんでしまったわ
……
男の子ふたりよ
……
＊
寄り添えばうれしいと言うのは　キツネの世界も同じこと
＊
いらっしゃいませ
初めてでいらっしゃいますか
気立ての優しいレイカさんではいかがでしょう
……
ありがとうございます

郵 便 は が き

恐れ入りますが
所定の切手を
お貼りください

162-0055

東京都新宿区余丁町 8-27-404

書肆 子午線 行

○本書をご購入いただき誠にありがとうございました。今後の出版活動の参考にさせていただきますので、裏面のアンケートとあわせてご記入の上、ご投函くださいますと幸いに存じます。なおご記入いただきました個人情報は、出版案内の送付以外にご本人の許可なく使用することはいたしません。

○お名前《フリガナ》

○ご年齢

歳

○ご住所

○電話／FAX

○E-mail

読者カード

○書籍タイトル

○この書籍をどこでお知りになりましたか

1. 新聞・雑誌広告（新聞・雑誌名　）
2. 新聞・雑誌等の書評・紹介記事
（掲載媒体名　）
3. ホームページ・SNS などインターネット上の情報を見て
（サイト・SNS 名　）
4. 書店で見て　5. 人にすすめられて
6. その他（　）

○本書をどこでお求めになりましたか

1. 小売書店（書店名　）
2. ネット書店（書店名　）
3. 小社ホームページ　4. その他（　）

○本書についてのご意見・ご感想

＊ご協力ありがとうございました

書肆子午線　電話：03-6273-1941　FAX：03-6684-4040
E-mail：info@shoshi-shigosen.co.jp

蟹座のお部屋にご案内いたします

＊

「駅から五分の当店では
丁寧な癒しの時をご用意しています
お仕事の帰りにでもお寄りください
黒い樫の扉の先で、お待ちしています。」

＊＊

妻よ　今の君に出会う前
時に僕はキツネであって
夜の神田に迷うては
星座の巡りを聞いていた

同じ風にそよがれて

妻よ
涙を固めて種にして
母は僕の奥底に
そっと埋めたのではあるまいか

僕の涙の落ちるのは
ずっと昔に
そんな　種が託されたからではあるまいか

＊

その昔　星の下　手には小さな猫の箱ひとつ
母はひとり出ていき
その母を追って行ったと父は言う

にゃあにゃあと
鳴くお前を箱に詰め
私はお前を捨てに行く

（星の下　母の手には小さな猫の箱ひとつ）

この小さな家で
なぜなのか
私は毎日泣いている

にゃあにゃあと
寄って来るお前を箱に詰め
通る人もない橋の上

私はお前を流れに放ろう
（星の下　母の手には小さな猫の箱ひとつ）

ただ後を
星の下
追って行ったと父は言う

橋の上　灯りのひとつ照らす中
子猫の箱は放られたのか
危うくとどめられたのか
その顛末はわからない
（星の下　母の手には小さな猫の箱ひとつ）

橋の上からふたりして
明けの道を歩いて来たと父は言う

泣きながら
手を引かれていたと
思い出して母は言う

*

妻よ
今　僕らは横浜で
同じ風にそよがれる

ヨンヒ（韓国から来た妻）

＊＊　十年目の冬　＊＊

あなたは
子を産むことがない女性でした
子宮のそとに　子が宿り
川崎の病院で　泣いたのが
子に一番近い時でした

「ヨンはいつもイサオの味方です」
あなたは言う
「ほんとうですか」

僕は言う
「当たり前の事聞かないでください」
あなたは言って背を向ける

僕はパジャマの中の背をさする

身体がひとつここにある

あなたは
あなたの血で　命を創ることがない女性でした
不妊治療を続け
韓国の病院で　最後に泣いたのが
十年目の冬でした

妻よ
僕は疲れてしまった
もう

袖をつかんだ君を
ひいて歩けない

** 高島屋 **

ヨンには不思議に何かが欠けている
それで　時に道に迷い
高島屋のベンチで　ひとり　僕を待つ
ヨンは不思議に何かを抱えている
それで　雨の朝　僕が出かけるバス停で
ひとつ傘に　ふたり並んで　バスを待つ

（詩の学校で
頭おかしいねって恋人に言われたと　若い詩人が詩で語る）

僕は　ヨンの事を考える

軋みの中で　「不思議」とヨンはつぶやく
おかしさは　不思議さなのか　と考える
（若い詩人の詩の中では
　願いが命令形になって　自らの行方をさがす
　崩れそうなのかしら　うつむいて　つぶやいているのではないかしら）

そして
僕は　僕の事を考える
ヨンのことばかり　なぜ詩に書くのだろうかと考える
「妻だから」　ヨンはいう
今日は　「よし、トン」
オンマの昔言葉で　僕らは笑い　ふたりの「不思議」の扉を閉じる

　　　　妻よ
　　　僕は石に自分を喩える

今、君を拒み　僕を死なせる

＊＊　リンゴ　＊＊

小さな扉を少し開け
かわいそうなイサオ　とヨンは言う
イサオはわがままな神様のしもべなので
逆らうこともできなくて
わたしをいじめたりするのです
だからイサオはとてもかわいそう

傍らで僕は目を伏せる

上に一本細い道がある
そんな高い土手が僕の世界の中にある
右にも左にも落ちないように　僕とヨンは歩いている

ヨンの世界の中に
かわいそうな僕は　どこにいるのかと考える
そこは雨の日なのか　雪の日なのかと考える
ふたりは笑っているのか　泣いているのかと考える

朝　ヨンは包みをひとつ用意する
僕はカバンに入れて街に出る

今日のデザートはリンゴです
黄色いビニールの袋に入れました
お腹がすいたら
小さな一切れを食べるのです
明日もきっとリンゴです
だから黄色い袋を持って帰ってくるのです

三時を少し過ぎる頃

僕はリンゴを小さくかじる

君は僕の頬に両手を添える
「本当のあなたなの」と言う
「私は息をひそめています」と言う

＊＊　夜の川べり　＊＊

良くない日本の言葉で　ヨンが自分をなじる時
ヨンのあちらこちらに血がにじむ
ヨンの血は　僕の心を傷つけて　ふたりの心に血がにじむ
けれども
ヨンは　ヨンの痛みの中にいる
僕は　僕の痛みの中にいる
「わたしの心にはホンモノがないのです」　ヨンは言う

夜の川べりを　十歩あるいて　僕は振り返りヨンを待つ
「ウソを話しているのです　笑っているのです」　ヨンは言う

川べりを　離れ近づき
ふたりなのに　僕らは　ひとりひとりの痛みの中にいる
ただ
しくしくと　痛む中にいる

妻よ、僕は手をのばす
君に、見えない手をのばす

＊＊　日記　＊＊

使う語彙は多くなく
少しかしいだ字の奥に

今日のあなたはいるはずなのに
僕はただ傍らにいるのです

若い時
架け橋になりましょう　僕らふたりは言いました
あなたは国際交流協会で　相談員になりました
在日と呼ばれる韓国人は多いのに
おおらかに韓国の言葉を話すので
ひときわに　あなたは韓国の人でした

ひらがなと　辞書で調べた漢字でもって　ヨンヒは日記を書いています

歳をとり
僕らの手にあるものは何なのかと考えます
テレビが「慰安婦」を語るとき
身体が痛い
あなたは泣きました

ちぢこまって生きているのです　ヨンヒは日記に書いています
僕はリンゴをかじり
身体を少しちぢこませ
遠くから
あなたの傍らに　帰って来るのです

「遅くなってもいいのです」と君は言う
「本当のあなたで帰ってください」と君は言う

** 遠くから、イサオ **

つかれて
あなたは私のところに戻る

遠いところから

私のところに戻る

でも、私は尋ねてしまう
あなたは本物のイサオなの　？

僕は　流れて行ってしまうかも知れないと
星のならびに
ヨンヒのもとへの道を探す

僕は　どこかで倒れてしまうかも知れないと
自分をつなぐ錨を手繰り
ヨンヒのもとへの自分を探す

あなたが私のところに戻るとき
私は音を取り戻す

あなたが私のところに戻るとき

私は息を取り戻す
だから、私は尋ねてしまう
あなたは本物のイサオなの　？

妻よ
そこに石がある
十二月の
月を見つめる石がある

＊＊　三月のおわり　＊＊

遠くに暮らす友よ
君の心の声を
だれが聴いてくれているだろうか（　役割の言葉は多いというのに　）

僕でなければ　だれが

ヨンヒの言葉に耳を傾けてくれるのだろうか

君の心の手を
だれが求めてくれているだろうか　（成果の求めは多いというのに）

僕でなければ　だれが
ヨンヒを必要としてくれるのだろうか

君の心の名を
だれが呼んでくれているだろうか

ヨンヒはきっと
今日も高島屋のベンチで僕を待っている

君の三月の終わりを
だれが祝ってくれているだろうか

横浜駅の人混みを
僕はただそれだけに歩いている

イサオ（金曜日の午後）

ボディーコピーをご存知ですか。
訴求する商品について、人を説得して動かすための文章です。
テンプレートに当てはめれば、誰でも、販促色の強い文章は書けるものです。
でも、ブランド色を打ち出すのは、容易なことではありません。
本講座をお勧めします。

　こんな案内状を机の上に敷いて　僕はヨンが持たせた弁当を広げる
イサオはとってもかわいそう
どこか遠くの「偉い人」が　イサオに命じているのです

今日のヨンの弁当は　こんな言葉でできている

イサオは弱い人なので　「偉い人」には逆らえません
だからイサオはわたしをいじめているのです

ヨンのお握りはポロポロと手の中でこぼれて落ちる

どうぞ「偉い人」に伝えてください
イサオがどんなにいじめても　わたしはイサオと別れません

ポロポロと　僕の心もこぼれて落ちる

ウソのイサオの時
だから
わたしはこっそり寝てしまう

こぼれたご飯をお箸で拾い　ヨンや　と、僕は心の中で言う

今度、お客様の工場に出かけ
冬の風も吹く中で　僕は汗の言葉を話しても来るのです

＊

今日は本当のイサオなの　？
帰宅した僕にヨンは言う
今日は本当のイサオなの　？
本当のイサオなのだと僕は言う
けれどもヨンや
本当のイサオがどこにいるのか
時々、僕にもわからないのです

＊

ヨンが電話でわんわん言う日
金曜日の午後であれば　疲れた僕は　メッセージを残して会社を早引ける
「家内の具合が悪いので早退します　パソコンを持って帰ります」

ヨンがまだ帰らぬ家の畳の上で　僕はちぢこまって寝てしまう
パソコンを開きもせずに　……いったい僕はどんなイサオなのだろうか

帰ったヨンが言う
武蔵小杉でゴマどバナナの入ったパンを買ってきたのだと
僕は黙って起き上がり　黙ったままでパンを食う

ベランダの向こうは冬の黄昏時で　せわしく人が行き来する

今日は作りたてのさつま揚げを買ってきたので食べましょう

ショウガはたくさん添えましょう
台所ではヨンが言う

冬の黄昏の中では
人がせわしく行き来する
ヨンや
僕は　ただ　詩を書いている

詩が生まれる街の、アトム

ある夜、僕の眠りの中で、詩の教室の若い講師が、詩をひとつ、メールに添付して送ってくれた。僕の中の彼の世界で、僕はある姿でもって懸命に生きている。目をさまし、僕はパソコンの前に座り、少し、頭をくらくらさせている。

かつて
アトムというロボットがいて
地球を救うために太陽に向かったということである
アトムの話のひとつはそうして終わり
けれども伝え聞いたところによれば
神様はやはりいてアトムを不憫と思われたのか

ヒトにして地球に遣わされたようである

ただその時すでに
アトムの電子頭脳は半ば溶けており
それがためであったのか
あるいは
ヒトになることに
必然があったということなのか
地球に現れたとき
ヒトのアトムは
あのアトムとはいささか異なっていたということである

*

私の担当する詩の教室には
「妻はヒトのアトムではあるまいか」
そうつぶやく男がいる

男が韓国人である妻（名をヨンヒというのだそうだ）の詩を書き始めて三年が経つ
俺の傍らにいるのは、ヒトのアトムなのではあるまいか
自己の統合されていないことに、疑いをもたないからだ
全体としてみれば崩れているにもかかわらず
内に迷いの無いアルゴリズムを抱えている、それがヒトのアトムなのだ
そう考えれば合点がいくと
男の思考をなぞればそういうことである

＊

「やさしさ」と「正しさ」だけで
ヒトになることが難しかったということは
ロボットのアトムにおいて、推測できることである
不憫であると　男は妻を語る

その妻は
かわいそうなイサオ　と　男を見つめ
気がつけば夜の会社で
スマホの留守電が男に告げるそうである
わたしのイサオで帰って来るのです　と

＊

男の妻の話を、私は詳しくは知らない
けれども、密かに私は男に問うている
「ヒトのアトムがいるのであれば、それはあなたなのではあるまいか」
「やさしさ」と「正しさ」が半ば溶け、混じり濁ったこの街では
あちらこちらで
今日も

様々に詩が生まれては消えていく

「やさしさ」と「正しさ」は溶けて混じり合うものなのか
僕にはわからない
この街のかたすみで、なぜ、僕は今日も詩を書いているのか
本当のところは
やはり、わからない

あなたの働く街の、わたし

寒い　と、男は手を伸ばし
女は黙って手を握る

疲れたスーツを壁に掛け　僕はパソコンに向かい
妻よ、君は傍らで
丸くなって眠る

*

あなたには

ようやく終わる一日がある
ビルに囲まれた
アスファルトの広場に
あなたは地の下、大手町駅から現れる
向こうのレンガ色のビルに　あなたの戻る仕事場があるという
一日歩いて来たのであれば
汗をぬぐってもいるでしょう
カバンは重いのだから　肩できしんでもいるでしょう

昨日、空を見上げたあなたは
「ヨンや」と　わたしを呼んで
ビルの間の底で
腕を二本、空に伸ばした

わたしはそれを知っている

そして

あなたは明日早く発ち大阪へ行く
難しくはあるけれど
勝てないコンペでもあるまいと
あなたはひとりで遠くを見やる

尻尾をどこかに落としたあなた
わたしはここにじっといる

*

足がつめたい
君の小さな声がする
僕はだまってパソコンに向かい
君は傍らで
丸くなって眠る

寒い　と、男は手を伸ばし
女は黙って手を握る

そして、「いのち」が眠る街

あなたの中に「いのち」があって
わたしの中にも「いのち」があって　と　僕らは歌う

仕事の一日も終わるころ
家に着くのは何時になるだろうかと
壁の時計を見やり
六十の俺はあと五年
こうやって生きていけるのだろうかと
男は思う
こうやって生きていけるのだろうか

男はつぶやき
この問いは正しいのだろうか　と　顔を伏せる

俺の「いのち」が
俺の中には　あるのだろうか
その処を
照らす灯りは　あるのだろうか

　あなたの中に「いのち」があって　と
　僕は眠りの中のヨンに言う

今日は
こんなにも疲れているのであれば
二本の腕はしびれて下がり
心は跳ねて、落ち着きの処を知らない

こういう時に　詩人はどうあるのだろう

男はつぶやき　暗い空の月を見る
俺の「いのち」を　照らす灯りは　あるものだろうか

僕の中にも「いのち」があって　と
僕は聞こえぬ僕の声を聴く

七日経ち
会社も休みの雨の夕方に
男は妻とけんかをし
妻の痛みの傍らにいる
音もなく　痛みの響く中にいる

俺は釣り鐘なのかも知れぬ
男は思う
他人の「いのち」の響きによって、己を知るものではあるまいか
光もなく音もない　闇の満ちる空洞が

俺の「いのち」なのではあるまいか
　あなたの中に「いのち」があって　と　僕は言い
　　ヨンの「いのち」の響きを聴く

三日が過ぎ
男の仕事の一日が終わり
眠る妻の傍らに帰る

なぜ眠っているのかと、身体をゆすれば
眠いから　と
妻は微笑む

まるい背中を腕で抱き
その傍らに
男も眠る

猫を抱いて泣いた詩人の八月

男が猫を見たように
わたしはヨンヒの瞳をのぞき込み
猫が男を見たように
ヨンヒはわたしの瞳をのぞき込む

カマキリさえもが飯を食うのに倦みそうな
暑かった　八月の朝
男の枕に身体を寄せて死んでいた
老いた猫を
焼いて弔う処へと
土手の道を

抱いて
泣きながら自転車を走らせた
男がいた

涙の男は詩人であって
けれども
ただ泣いて
ただ自転車を走らせて
草の中、古屋に共に暮らしたのであれば
抱かれた猫のたましいは
重く暑い気の中で
泣きながら走る男の後を
いつまでも、いつまでも　と　追っていた

カマキリさえもが飯を食うのに倦みそうな
暑かった　八月のおわり
七夜泣いて

男の中で
男と猫は消えることのない「はなし」になった

*

わたしにはヨンヒという妻がいて
ふたりはふたつの世界で生きている
互いを繋ぐ道を辿るのは難しく
時に
ふたりはヒトになり猫になる

男が猫を愛したように
ヨンヒはわたしの耳を噛み
猫が男を愛したように
わたしはヨンヒの肩を噛む

今日を生き
明日も生きていくのであれば
ふたりはふたりの「はなし」を未だ知らず
時に
ヒトになり
猫になる

リトル プリンスの十月

秋の陽の中、僕はベンチに座り一冊の詩集（註1）を手にしています。大手町のビルの間の広場には休日であれば歩く人もまばらです。

風がそよと吹いて、「何をよんでいるの」と声がして、目をあげると金髪の透き通るような少年が立っているのでした。

僕は少し考えました。そして彼に言いました。

「君は以前、僕に言ったね。『なに、なんでもないことだよ。心で見なくちゃ、ものごとはよく見えないってことさ。かんじんなことは、目に見えないんだよ』ってね」

「『砂漠が美しいのは、どこかに井戸をかくしているからだよ（註2）』ともね」

僕はまた少し考えて言いました。

「ここに、美しい詩集があるのだけれど、僕には隠れている井戸が見えないんだよ」

僕は彼の手に詩集を預けました。

彼は隣に座るとゆっくりとページをめくります。陽は少しずつ傾いていきます。僕はスタバのコーヒーをそっと彼の横に置きました。

陽もずいぶんと傾きました。彼はゆっくり言葉を選びます。

(彼) 昔の死がたくさんあるね　今も……

……生が死に向かって流されている

(僕) ……様々な死が辛く残っている……

……「わたし」の死への流れを　とどめようとしている　?

(彼) 「わたし」はもう旅を終えつつある　?

(僕) ……わからない……

……廃屋の光の向こうに　新しい「わたし」を見ている　?

(彼) 僕は僕の星に花を咲かせる一本のバラを　それのみを大切にしている……

「わたし」が大切にしている人は誰　?

(僕) ……わからない……

……「わたし」の脇に貼りついた子どもがいたね……

（彼）「いかないで」って、足もとに幻の獣もいた……
抱きしめてあげられればいいのに……
（僕）……そうだね……　そうかもしれない……
（彼）「わたし」は愛されている　？
（僕）……わからない……いろいろな「いきもの」が「わたし」に冷たい……
……悔いが隠されているのかもしれない……
……何かを　遠くに見つけようとしているのかもしれない……
（彼）木々は天に枝をさしのべる「わたし」はけれども横たわる……
なにを忘れてしまったの？
（僕）……わからない……
……立ち上がる為の「血流の仕組み」と、言っている……
（彼）それはなに　？
（僕）「わたし」は一度泣く……泥の中の子どもを想い
……滞っているのは涙なのかもしれない……
（彼）「わたし」は泣かないんだね……

（僕）……泣き方もいろいろあるから……
……身体から　熱い涙を流すのは　時に　いいのだけれども……
（彼）「わたし」の生きている世界は厳しい……
（僕）「ひととひとは疎外しあい憎しみあって ジグザグの失敗ばかり」している中で
「わたし」は生きている
そして
「アラユルヒトガ　サイゴニハ　スベテ　ミステラレル」　世界と
向かい合っている
（彼）「泥でもいいのにね」……そう、言っている……
（僕）泥の中から「わたし」は新しく生まれようとしている　？
……でも、いろいろな泥がある……
（彼）あたたかい泥なら……いいね……
……凪に吹かれて……「わたし」の戻り道は寒い……
……
あなたには……井戸が……もう見えているのでしょう　？

……その井戸は……たぶん深い　？
（僕）……いろいろな井戸を……ひとは抱えている……
……だから……美しい　？

もう、ベンチは街灯に照らされています。
空のカップを手にして　僕らは黙って立ち上がります。

＊

妻よ
あなたが求めた小さな星の小さな本を　僕は有隣堂で手に入れて
今、いただいた詩集の隣に立ててある
小さな星の言葉をまとい　僕は詩人の世界に出かけていって
今、灯りの中にいる

妻よ

僕らは　どんな泥の中で生きていくのだろうか
僕らの井戸は
ふたりに優しくあるのだろうか

註1　詩集は『クワカ　ケルル』野木京子　思潮社
註2　『星の王子さま』岩波書店　内藤濯訳より

ウムル アネ ケグリの十二月

十月からふた月が過ぎ
僕がヨンの隣で詩を書くことになって　三度目の十二月の日
夜の会社の僕の電話に　ヨンの声が届く

わたしは　ウムル アネ ケグリ　です
井戸の中のカエルです
電話の向こうでヨンが泣く

ヨンの井戸にカエルは二匹いるのだよ
僕は言う

一匹はヨンで　一匹は僕なのだよ
僕は言う
（わたしは　ウムル アネ ケグリです）
一匹はヨンで　一匹は僕なのだと
僕は言う

でも本当は
僕はヨンの井戸にはおりられぬ
（わたしは　ウムル アネ ケグリです）

そして本当は
僕も僕の井戸の中にいる

夜、帰り　眠るヨンに僕は言う

耳元で　ヨンに言う
カエルは二匹でいるのだよ
一匹はヨンで　一匹は僕なのだよ

*

そして年が明けた

あの日から
「ウムル アネ ケグリ」とヨンは言わない

ヨンの「井戸」は深く暗く穿たれている時もあれば
広く明るくて「井戸」であることを忘れるような
アフリカ大地溝帯の中のセレンゲティのような
そういう時もあるらしい
明るく広い「井戸」の時、ふたりはヒトの姿であって

膝を抱えて僕はヨンの隣に座っていたりするのかもしれない
確信の目でヨンが僕の耳たぶを噛むときは
そういう時であるらしい

あの日から
「ウムル アネ ケグリ」とヨンは言わない

けれども
時に
僕も井戸の中のカエルであって
そんな時
眠るヨンにつぶやく事がある
（ カエルは二匹でいるのだよ　一匹はヨンで　一匹は僕なのだよ ）

ドン・キホーテ（前夜）

ヨンが先月買った新しい携帯電話では
ちいさなメールを簡単に送ることができます
その日から
会社の僕のスマホには　ヨンのちいさなメールがやってくるようになりました

……イサオさん、メガロスは三月三日から三月十五日まで休みです。
朝日カルチャは三月三日から三月九日までお休みです。　よん
……今、ミスタードーナツで東亞日報を読んでいます。
新聞の字がみえないのです。
今のメガネ、本当にこれでいいんでしょうか。　よん
……今、美容室を出たところです。

これからデポによって帰ります。
今日は早く帰るって言ったでしょう。　よん
・
……猫がふとんの上を歩く映像が突然テレビに出てきました。
携帯は不明な音を立てています。　よん
……44ってなんでしょう。　9時44分、10時44分。
44ってなんでしょう。　よん
……今日はテレビ会議があるって。テレビ会議ってなんですか。
朝鮮人は頭悪いから　説明してもわからないって言うように聞こえました。　よん
……忙しい朝の時は忘れるものが多くて、マスクも家に置いてきました。
今朝はイサオと何も話しませんでした。　よん
・
……私が歩くと横側から靴磨きの匂いがするのです。
なんの合図かよくわかんない。わかること、大井町で靴を買ったこと。　よん
……今、ギターレッスン終わって帰るところです。
平均、この頃、イサオのいる時間が少ないです。　よん
……今朝はとくに不自然でした。

アブラ症に見えるようにって、わざとアブラつけていたのが不自然でした。
　イサオが帰って来てください。　よん

……キリルン　チョルセ　って　迷ってしまった渡り鳥です。
　イサオさん電話ください。　よん

＊

「ヨンが生きているから僕が生きているのだよ」
そうイサオが昨日電話で言ったので
わたしは胸がじんとなって……
　ヨンは言い、胸に手をあてる
わたしの思うことをイサオが言うのだから……
イサオがいるからわたしも生きているのだから……
　横を向いてヨンは言う

（　今日は三月の初めなのにとても寒いね　）
「てんや」のカウンターにはコートの男が無言でならび
奥のテーブルには　僕らふたりが向かい合う
それはほんとうのことなのだと僕は言う
ふたりの世界がどんなものなのか　僕もヨンも語ることができない
（　今日は三月の初めなのにとても寒いね　）
ヨンは無言で横顔で　結ばれる口は動くこともない
ふたりの世界がどんなものなのか　僕もヨンも語ることができない

＊

「ウムル アネ ケグリ」……井戸の中のカエルです……と、
電話の向こうでヨンは僕に泣いたことがある。
「井戸の中に カエルは二匹でいるのだよ」
「一匹はヨンで 一匹は僕なのだよ」と僕は言い、
「でも本当は ヨンの井戸には降りられぬ」と ただそこに立っていた。

これまで、僕はヨンの言葉を聞いて、それに詩という形を与えてきた。打たれれば響く、己自身はがらんどうの釣り鐘のように、僕はそこにいたのだけれども、今はもう、能動的に、ヨンの世界に出かけていかねばならないと思っている。ヨンがいるという暗くて深い井戸に出かけねばならないと思っている。

僕は己の中を探し、ドン・キホーテを、ヨンの世界に出向く自分のモデルとすることにした。

深い井戸の底には、ただ生きることへの力でもって（多少理不尽に）成り立っている世界があると思われる。ドン・キホーテならば、その世界に向き合うことができ、鎧兜とロシナンテで行くのであれば、己が傷つくことはあるにしても、その世界を傷つけることはないだろうと思われる。

己の妻のこのような世界に出かけようとするならば覚悟が必要だと、遠くから声も聞こえる。「俺はドン・キホーテなのだ」と言うことに、僕は不器用な覚悟を込める。

＊

こんなことを考えて二週間ほど経ったとき、コロナの災厄による緊急事態宣言が発令された。

我社は全員がテレワーク（自宅で仕事）となり、僕は準備もないままに、ヨンとのひとつ穴に、突然転がり落ちることになった。

＊

この日から、僕は確かにこの穴の底にいる
ヨンは傍らにいる
　井戸の中に カエルは二匹でいるのだよ

一匹はヨンで　一匹は僕なのだよ

井戸の底であっても、穴の底であっても
まずは、そこで生きねばならない
そうして
そこから、這い上がってこなければならないと思う

僕であれば詩を書くことで
ヨンとふたりで
ヒトとして

あとがき

この詩集は『ヨンとふたりで』（二〇一六年）の続編として書かれたものである。そして、今でも、僕はふたりで落ち込んでいる井戸もしくは穴から這い上がろうと詩を書き続けている。この詩集が刊行された時点では僕はまだ穴の中である。

おそらく人はそれぞれに何かしらの穴の中にいるのではないだろうか。そうであれば、この街のあちらこちらでは、未だ形になっていないたくさんの詩が生まれては消えているに違いない。人が黙って空を見上げているような時は、そういう時なのかもしれない。
穴がそれぞれであれば、這い上がるということもそれぞれであろう。その人たちの声と言葉で繋がることができればと思う。この一冊がそういう詩集であればと思う。

二〇二三年一月　著者

立木　勲◎たつぎ　いさお
一九五八年六月生まれ。長野県伊那市出身
横浜市立大学（文理学部文科）卒業
詩集に『ヨンとふたりで』（二〇一六年　ふらんす堂）
「タンブルウィードの会」同人
現住所＝横浜市港北区新吉田東一－四－八－四〇二
tatsugi@rainbow.plala.or.jp

ウムル アネ ケグリの十二月

著者 立木勲
発行日 二〇二三年二月一日
発行人 春日洋一郎
発行所 書肆 子午線
〒一六二-〇〇五五 東京都新宿区余丁町八-二七-四〇四
電話 〇三-六二七三-一九四一 FAX 〇三-六六八四-四〇四〇
メール info@shoshi-shigosen.co.jp
印刷・製本 モリモト印刷

ISBN978-4-908568-35-0 C0092